折射集
prisma

照亮存在之遮蔽

Artists and Their Cats

Alison Nastasi

南京大学出版社

艺术家
与他们的
猫

[美] 艾莉森·纳斯塔西 著

陈畅 译

南京大学出版社

献给
格里芬与萨沙

有猫如此,
我复何求。

目录
CONTENTS

001　前言

010  阿涅斯·瓦尔达
AGNÈS VARDA

012  阿尔贝·迪布
ALBERT DUBOUT

014  阿梅莉亚·范布伦
AMELIA VAN BUREN

016  安迪·沃霍尔
ANDY WARHOL

018  亚瑟·拉克姆
ARTHUR RACKHAM

020  巴尔蒂斯
BALTHUS

022  布莱恩·伊诺
BRIAN ENO

024  克劳德·卡恩
CLAUDE CAHUN

026  迭戈·贾科梅蒂
DIEGO GIACOMETTI

003
CONTENTS

028  爱德华·戈里
EDWARD GOREY

030  爱德华·韦斯顿
EDWARD WESTON

032  恩基·比拉
ENKI BILAL

034  埃丽卡·麦克唐纳
ERICA MACDONALD

036  弗洛朗丝·亨利
FLORENCE HENRI

038  弗兰克·斯特拉
FRANK STELLA

040  弗里达·卡罗
FRIDA KAHLO

042  乔治·马尔金
GEORGES MALKINE

044  乔治娅·奥·吉弗
GEORGIA O'KEEFFE

046  摩西奶奶
GRANDMA MOSES

048 古斯塔夫·克林姆特
GUSTAV KLIMT

 **050** 赫尔穆特·牛顿
HELMUT NEWTON

 **052** 亨利·卡蒂埃 – 布列松与马丁·弗兰克
HENRI CARTIER-BRESSON AND MARTINE FRANCK

 **054** 亨利·马蒂斯
HENRI MATISSE

 **056** 赫伯特·托拜厄斯
HERBERT TOBIAS

 **058** 赫尔曼·黑塞
HERMANN HESSE

 **060** 雅克·维永、马塞尔·杜尚与雷蒙德·杜尚 – 维永
JACQUES VILLON, MARCEL DUCHAMP, RAYMOND DUCHAMP-VILLON

 **062** 让·谷克多
JEAN COCTEAU

 **064** 让 – 米歇尔·巴斯奎特
JEAN-MICHEL BASQUIAT

 **068** 吉姆·汉森
JIM HENSON

 **070** 约翰·凯奇
JOHN CAGE

 **072** 约翰·列侬与小野洋子
JOHN LENNON AND YOKO ONO

005
CONTENTS

 **076** 路易斯·韦恩
LOUIS WAIN

 **078** 玛格丽特·伯克-怀特
MARGARET
BOURKE-WHITE

 **080** 林璎
MAYA LIN

 **082** 巴勃罗·毕加索
PABLO PICASSO

 **084** 帕蒂·史密斯
PATTI SMITH

 **088** 保罗·克利
与莉莉·施通普夫
PAUL KLEE
AND
LILY STUMPF

 **090** 菲利普·伯恩-琼斯
PHILIP BURNE-JONES

 **092** 罗伯特·印第安纳
与安迪·沃霍尔
ROBERT INDIANA
AND
ANDY WARHOL

 **094** 罗马勒·比尔登
ROMARE BEARDEN

 **096** 萨尔瓦多·达利
SALVADOR DALÍ

098 索尔·斯坦伯格 SAUL STEINBERG

 **100** 苏珊·瓦拉东、莫里斯·郁特里罗与安德烈·乌特 SUZANNE VALADON, MAURICE UTRILLO, ANDRÉ UTTER

 **102** 藤田嗣治 TSUGUHARU FOUJITA

 **104** 沃汝莎卡 VERUSCHKA

 **106** 婉达·盖格 WANDA GÁG

 **108** 威廉·S.巴勒斯 WILLIAM S. BURROUGHS

113 参考文献

119 照片出处

125 致谢

126 译注

前言
INTRODUCTION

每一位艺术家都需要一个缪斯，而每一只猫也都需要一个人类……来支配。如果这些根本法则被破坏，宇宙或许会就此崩溃。这也许说明了为什么纵观历史，创作家们总是有猫的陪伴。想想我们时代最伟大的艺术家，或是通常所说的艺术气质，总会被贴上诸如"不守成规""疏离"以及"神秘"一类的标签。这些陈词滥调着实让人想翻白眼，但用在人类的猫咪伴侣们身上，却一点也不为过。

作为动物王国最独立的物种之一，猫本质上是离群索居的生物，有着根深蒂固的领地意识与掠夺天性。虽然已被驯化了几千年，可家猫与其祖先非洲野猫在基因上的差别恐怕和猫胡须一样细微。亲爱的猫咪[①]或许不再出没于阿哈加尔高原搜寻猎物，但客厅的家具已然恰如其分地替代了阿尔及利亚的崎岖之境——那是家猫的祖先悄然潜行的地带。

猫的死敌——狗——是最爱讨好人类并保持着朝九晚五作

息的社群动物。相比之下，猫痛恨人类的要求以及我们试图强加于他们的个性癖好。猫的一日之计在于夜。当人类"主人"沉沉睡去（或是在失眠中恐惧着闹钟不可避免的疾呼）时，他们袭击玩具老鼠、撕扯厕所卷纸，并在黑暗中与隐形的敌人搏斗。

这样看来，艺术家总是深受猫的吸引便不足为奇了。还有什么生物能够与深夜仍在工作室里狂风骤雨般辛劳的他们共处，并仅满足于共处？诸多研究表明，不同动物——尤其是狗和猫——的行为特征所吸引的是与他们有着相似性格的人群。许多艺术家不出所料地拒绝性情上的刻板印象，然而研究者们仍一直推测，创造力强的个体们享有共同的性格特征，且这些特征和猫的特征一模一样。

得克萨斯州大学奥斯汀分校心理系于 2010 年进行了一项研究，研究人员以问卷的形式调查了 4000 名自认为是"爱狗人士或爱猫人士"的志愿者（也包括那些表示自己猫狗都爱或都不爱的参与者）。他们使用"五大"性格特征模型（测量坦诚、认真、外向、友善、神经质）进行评估后得出的结论是，"爱猫人士"相比于"爱狗人士"更加神经质、更加内向且不那么友善，但也更加坦诚。听起来是不是很像你认识的某只猫？

心理学教授米哈伊·奇克森特米哈伊（Mihaly Csikszentmihalyi）是加州克莱蒙特"生活质量研究中心"（Quality of Life Research Center）的创始人兼联合主任，他花费三十多年的时间研究高创造力人群的生活方式与习惯。《今日心理学》（Psychology Today）从他的书《创造力：91名杰出人士的工作与生活》（Creativity: The Work and Lives of 91 Eminent People）中摘取了他工作成果的总结，其中提及，艺术家顶过高强度的工作期后沉入一段闲散的自我反思的情形并不罕见。这样极化的生活方式让艺术家能够以不同寻常的方式分配精力与安排工作流程。猫也是如此。家猫不需要花费精力捕食（我们很乐意为他们奉上大盘的盛宴），不需要抵御天敌（好斗的同胞不算），也不需要为了水源与庇护所而迁徙（他们在现代生活中的迁徙目标是：你的床、你的笔记本电脑、你正努力读着的那本书、你成沓的衣物，或是你的头）。但是，基本的基因遗传并未因此而改变。野外的猫每天要睡上20个小时，那些通常被认为是懒惰成性的家猫（每天平均要睡12到20个小时）实际上只是在听从本能的召唤。人类世界与动物世界的独行侠们和叛逆者们（也许还有打盹儿成瘾者）显然是灵魂伴侣。

  多个世纪以来，艺术家都在为猫神秘的吸引力而着迷，尤其是古代文化中，工匠们的巧手让猫摇身一变成为万能的偶像。当文明拥抱并最终驯服了猫，猫不仅成为宠物，也被尊为宗教与民俗符号而编入神话之中。数不胜数的工艺品证实了这些小野兽们享有多大的尊荣，这也意味着被宠坏了的顽童猫恐怕早已不是什么新现象了。这一神圣物种的风行并非始于互联网时代,而是在几千年前的古代就生根发芽了。

在古埃及,猫极受尊敬,他们化身贝斯特女神,成为自己宗教教派的象征领袖。每年都有数以万计的虔诚信徒前往猫教(cat cult)的发祥地布巴斯提斯(Bubastis)②朝圣。猫咪是人们珍视的伙伴,去世后和人一样被哀悼并被制作成木乃伊。虽然历史书大多只讨论古埃及的猫咪崇拜,但猫在古往今来的许多其他地中海文化中同样占据一席之地。2010年人们在亚历山大(Alexandria)③发现了一座由埃及托勒密王朝的第三位统治者托勒密三世(King Ptolemy Ⅲ Euergetes)的王后贝勒尼基二世(Queen Berenice Ⅱ)修建的献给贝斯特的神庙,这意味着古希腊人对猫也存有景仰之情。罗马人器重猫的独立意识,带他们到战场,利用他们捕猎啮齿动物的天性保护粮食与皮革品免遭老鼠的荼毒。猫还被认为是自主女神(goddess of

Liberty）的密使，自主女神的画像里总有猫咪们蜷在脚边。据19世纪的巫术传说集《亚拉狄亚，或女巫的福音》（*Aradia, or the Gospel of the Witches*）所载，另一位统治月亮并与野兽亲近的罗马女神狄安娜（Diana）曾为了引诱晨曦之神路西法（Lucifer）而设法化身为一只猫，好在夜间溜进他的卧室。

以上这些社会留下的文物在美学上证实了人们对猫的痴迷。贝斯特女神的形象一般被描绘为猫头女人身，有时是猫的完整形态。埃及的工匠们会制作贝斯特女神的护身符——时常是女神和猫一起——想要怀孕的女人把这些护身符当作保佑生育的魔法戴在身上。雕塑家会出于仪式性的功能或是寻求保护的目的而创作贝斯特神像。墓碑上的画作与浮雕也经常描绘猫护送自己的主人进入冥界。体型大一些的猫科动物，例如狮子，大多出现在希腊的花瓶、葬礼石柱和陶器上。猎豹之类的品种会被艺术家用以比喻性地表达地位、财富和权力——这些虚饰象征的是资助人,他们花钱挣得(或者仅仅是负担得起)画上的一个位置。罗马士兵很可能对猫的捕猎技能与狡猾天性怀有认同感:猫被画在盾牌和旗帜上,还被雕刻在罗马战船上作为装饰。古代的镶嵌画以及其他许多艺术品上也经常能找到猫的影子。很显然,我们对猫的欣赏,以及为了赞美他们而进行的艺术创作,可以一直追溯到文明的最开端。

对猫持续性的宗教崇拜最终迎来了衰落。在中世纪,这些动物因为与巫术及异教的有害联系而被妖魔化。人们对猫的观感要到几百年以后才有所改变,所幸这些被排斥的动物最终还是迎来了人们态度的反转,得以重享昔日的光辉名誉。人们再一次欢迎猫以宠物、捕鼠猫以及缪斯的身份进入家门,猫也成为现代艺术刻画得最频繁的动物之一。这样的歌颂方式对这一能够激发灵感的物种来说十分合适,他们为历史上世世代代的艺术家们提供了爱的陪伴。

阿涅斯·瓦尔达
AGNÈS VARDA

瓦尔达那部私密的纪录片《艾格妮捡风景》(*The Gleaners and I*)的开头,是一只猫好奇的凝视。当瓦尔达在片中开始定义"拾穗者"(gleaners)一词(一般来说,是指那些在丰收过后捡拾地上的麦穗的人)时,她的爱猫"茨古古"(Zgougou)(即开头入镜的那只)正亲昵地蹭着她精致的百科全书集——一套紫红色的七卷本《新插图拉鲁斯词典》(*Nouveau Larousse illustré*)。电影接下来发展为一篇私人的诗性散文,关于收集与丢弃——为了养料、良心以及好奇,而影片中的食腐动物,例如猫,则提醒着我们拾穗者其实无处不在。猫,尤其是瓦尔达自己的猫,在她的视觉艺术和电影作品中总是以个人象征与见证者的身份出现。这位"法国新浪潮之母"甚至把"茨古古"的画像用作其制片公司"泰马里斯电影"(Ciné-Tamaris)的商标。"茨古古"去世后,瓦尔达还在2006年创作了纪念她的视频装置艺术《茨古古的坟墓》(*Le Tombeau de Zgougou*)。

阿尔贝·迪布
ALBERT DUBOUT

　　法国插画家阿尔贝·迪布以创作讽刺漫画著称,他的作品许多以猫为主题,且是以自己的宠物[他最爱的一只名叫奇酷(Kikou)]为原型的幽默发挥。迪布画笔下的猫放肆、顽皮,都是彻头彻尾的猫的样子。他优秀的线条画还捕捉了猫身上散发出的老练,即便是在他们嬉皮笑脸的时候。

013
ALBERT DUBOUT

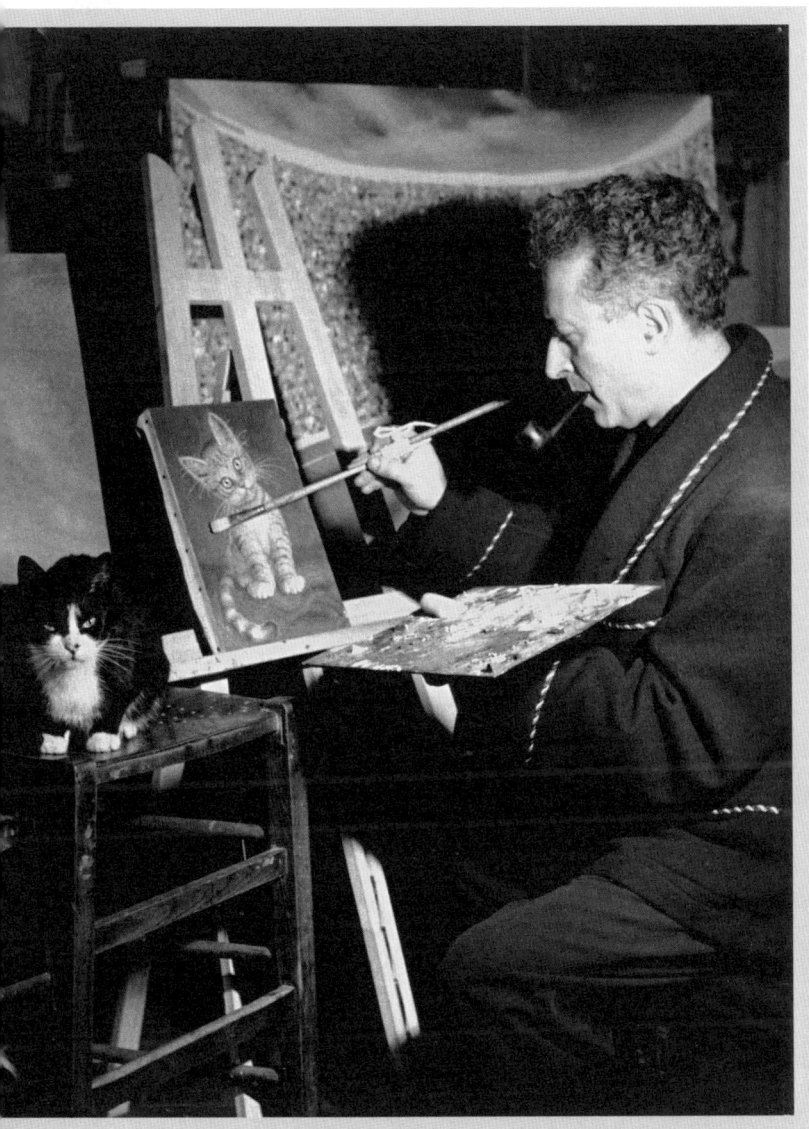

阿梅莉亚·范布伦
AMELIA VAN BUREN

"我很早就发觉了她的能力,"美国画家、宾州艺术学院(Pennsylvania Academy of the Fine Arts)教师托马斯·伊肯斯(Thomas Eakins)在1886年这样记述他的学生阿梅莉亚·范布伦:"她天生对颜色与形式敏感,性情严肃、认真、缜密、勤勉。她很快就超越了同龄人,我把她认定为自己要竭尽全力去帮助的人。"阿梅莉亚·范布伦在抵达宾州艺术学院这所久负盛名的学府之前就已在底特律巡回展出了她的作品。之后伊肯斯开始辅导她,据说运用了一些不太正统的方式,例如在课上为了一小段人体解剖结构的教学而脱衣。他日后以她为模特,完

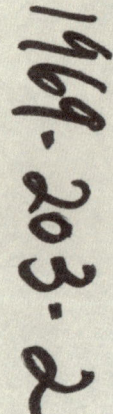

成了自己最成功的作品之一《阿梅莉亚·范布伦小姐》(*Miss Amelia Van Buren*, 1891)。范布伦毕业后在新泽西开了一家工作室和画廊,并最终转向了摄影,专攻肖像照。伊肯斯身边有一群宠物,包括许多猫,这也许解释了这张范布伦影像中上相的猫咪的存在,他同时也研究他们的身体结构。

安迪·沃霍尔
ANDY WARHOL

波普艺术的标志性人物安迪·沃霍尔是一位收藏家，他收集物件（家具、珠宝、艺术品以及如饼干罐之类的刻奇④物品），收集概念——他 1975 年的《安迪·沃霍尔的哲学：波普启示录》[*The Philosophy of Andy Warhol (From A to B & Back Again)*] 一书详述了许多概念，他还收集缪斯，他们在他纽约的工作室 "工厂" （the Factory） 蜂屯蚁聚。他也为猫着迷。沃霍尔与他妈妈茱莉亚一样热爱动物。这位艺术家有段时间曾在他上东区的联排别墅里养了 25 只猫。沃霍尔的侄子、作家兼画家詹姆斯·沃霍拉（James Warhola）（安迪在艺术生涯早期把姓氏中的字母 "a" 去掉了）在其《安迪叔叔的猫》（*Uncle Andy's Cats*）一书中讲述了这些猫咪朋友们的故事。书中透露《日落大道》（*Sunset Boulevard*）的女演员葛洛丽亚·斯旺森（Gloria Swanson）曾给了安迪一只名为赫斯特（Hester）的暹罗猫，她和一只名为山姆（Sam）的公猫配种，先后产下了几窝小猫崽，他们都被取名为……山姆。这些猫

by
Alison Nastasi

亨利·马蒂斯
HENRI MATISSE

and

his cats

Artists and
Their Cats

南京大学出版社

咪成了沃霍尔1954年自费出版的书《25只名叫山姆的猫和一只蓝咪》(*25 Cats Name Sam and One Blue Pussy*)的同名主人公。注意：书名里的"Name"不是印刷错误。[5]沃霍尔的妈妈在为这一系列五彩缤纷、古灵精怪的平版印刷作品题字的时候不小心把"named"里的"d"漏掉了。沃霍尔觉得这个错误很迷人，于是保留了。茱莉亚和她已出名的儿子在1957年合作完成了关于猫的第二本书《神圣的猫》(*Holy Cats*)，主人公——你猜对了——是猫和天使。安迪的猫咪创作展现了他很私人的一面，这是全世界所有的布瑞洛盒子[6]都比不上的。

亚瑟·拉克姆
ARTHUR RACKHAM

亚瑟·拉克姆画笔下的猫生机勃勃,洋溢着个性与神秘。一个著名的例子就是他《爱丽丝梦游仙境》系列中那只无人不爱的咧嘴笑的柴郡猫。和他优雅的艺术作品一样,拉克姆本人也是一表人才,有着爱德华时代⑦的高雅,但他绝不会衣冠楚楚到连一两只猫咪朋友要伏在他的肩头都拒绝。

巴尔蒂斯
BALTHUS

因为画撩拨的性感女孩儿而闻名的法国画家巴尔蒂斯〔原名巴尔塔扎·克洛索夫斯基（Balthasar Klossowski）〕也经常画猫。这些神秘的、会意的密友为他充满情欲的图像增添了更多的张力。这位艺术家11岁时结识了一只名叫米苏（Mitsou）的流浪猫，但她随后消失了，他们温柔的交往也就此中断。年轻的巴尔蒂斯便创作了一系列共40幅钢笔画详述他们的冒险以及他如何伤心欲绝。这些画迷住了他妈妈的情人——诗人赖内·马利亚·里尔克（Rainer Maria Rilke）（是里尔克给年轻时的巴尔蒂斯取的化名）。里尔克安排这些钢笔画以书的形式发表，书就以猫的名字命名，里尔克还为这本书撰写了前言。巴尔蒂斯早期的画作展露出了不符合其年龄的能力、表现力与情感状态。在巴黎首次举办画展后，猫又一次成为他工作的中心。他于1935年创作了自画像《猫王陛下》（*The King of Cats*），画中苗条的他矗立在一只亲昵的猫咪身旁，那猫咪看上去满面茫然，却又双目冰冷。他1949年的画作《地中海的猫》（*The Cat of La Méditerranée*）是另一项自反性的研究，这位艺术家在画中化身为一只面目阴险的猫，准备饕餮享用一满盘的鱼。巴尔蒂斯让许多只猫住进了他在罗西尼耶尔（Rossinière）的小木屋里，直到他在2001年与世长辞。

布莱恩·伊诺
BRIAN ENO

英国先锋音乐人布莱恩·伊诺最为人熟知的或许是他创作的奢华的环境声景（ambient soundscapes），但他的创作生涯实际上是从绘画开始的。他早年在伊普斯维奇公民学院（Ipswich Civic College）激进的"基础课"项目学习[由备受推崇的罗伊·阿斯科特（Roy Ascott）教授领导的一个实验性艺术项目]，随后他的艺术天赋表现在他设计的革新的灯光与声音装置上——其中一个装置装饰着悉尼歌剧院。伊诺将他的两样爱好相结合，为iPad创作了一个名为"景"（Scape）的视觉与音效应用，供用户就声音质地以及形状纹理进行实验。他还为医院设计了一个治愈性的灯光与声音装置。这位艺术家沉静的感受力似乎也延续到了他对猫咪的热爱上，正如这张1974年的照片所示。伊诺的猫咪照片是互联网的宠儿，他有一只非常上相的猫咪出现在2011年的电影《如何英式地炫耀》（*The British Guide to Showing Off*）中，这部电影记录的是艺术家安德鲁·洛根（Andrew Logan）组织的著名而无序的"另类世界小姐"服装选美大赛。

克劳德·卡恩
CLAUDE CAHUN

克劳德·卡恩原名露西·施沃布（Lucy Schwob），是知名的象征主义作家马塞尔·施沃布（Marcel Schwob）的侄女。她在二十来岁的时候采用了这个中性的名字——这为她那些模糊了性别与身份界限的、私密的摆拍自拍像增添了更多的火药味。她于20世纪20年代和她的终身伴侣（也是她的继姐）苏珊·马勒布（Suzanne Malherbe）抵达巴黎。卡恩是超现实主义者们中的激进一员——虽然她拒绝一切标签——她之后还成了二战的抵抗战士。她编造了许多假资料，用以秘密反抗占领法国的德国军队（类似于行为艺术）。这些假资料导致她与马勒布被德军逮捕并在1944年被判处死刑，所幸两位艺术家之后被释放了。卡恩极度爱猫，她的作品以猫为载体持续性地挑战身份观念，她20世纪40年代晚期的系列作品《猫的方式》（*Le Chemin des chats*）探索的便是这一主题。

025
CLAUDE CAHUN

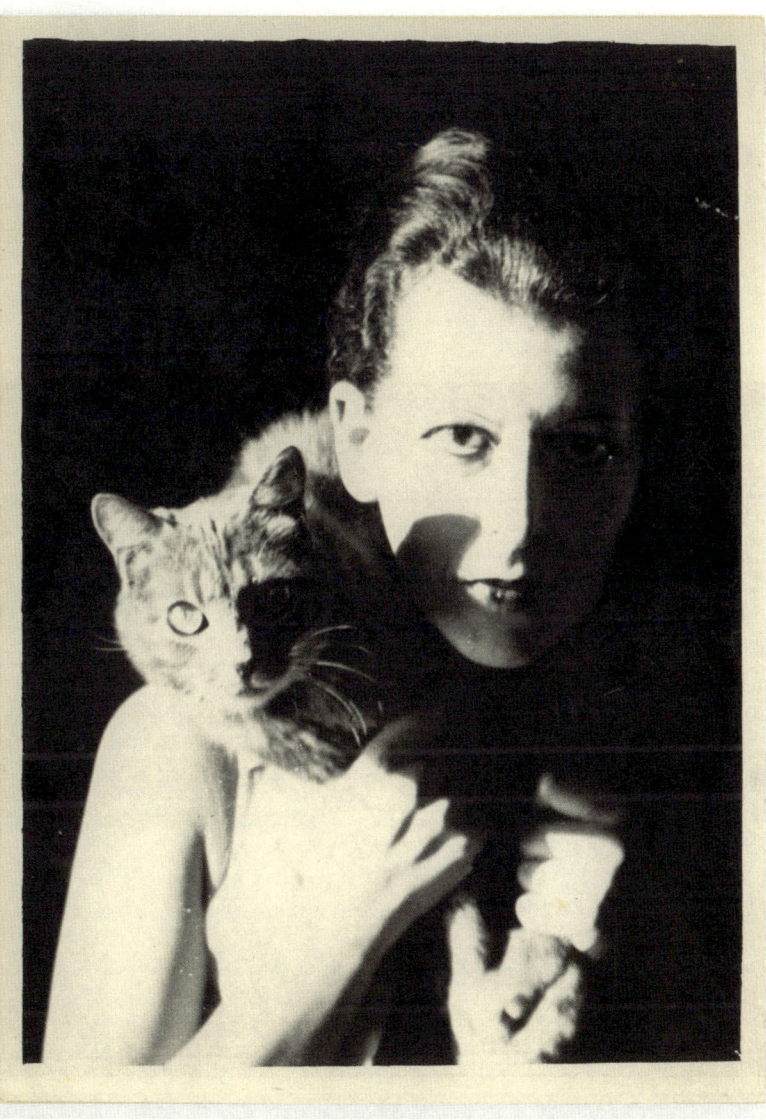

迭戈·贾科梅蒂
DIEGO GIACOMETTI

贾科梅蒂家族的三兄弟都是艺术家。阿尔贝托是雕塑家和画家,以瘦长、立正的人像著称;布鲁诺是杰出的建筑师;三人中最小的迭戈则是一位深爱着动物的知名雕塑家。三个男孩儿在意大利边境附近的一个瑞士村庄长大,身边被农场动物包围。在迭戈的作品中,动物的存在是神话符号——这些动物当然也包括猫。迭戈和阿尔贝托两人终身在巴黎共用一个工作室。迭戈对猫咪伙伴的热爱甚至影响了他哥哥的创作。阿尔贝托虽然以人像见长,但也创作了一些动物雕塑。"迭戈的猫总是在我起床前的清晨穿过我的卧室,走向我的床头,以至于他已经刻在了我的脑海里,"阿尔贝托这样告诉他的传记作者詹姆斯·罗德(James Lord),"我只需要把脑海里的印象雕刻出来就可以了。但只有头部可以勉强算得上相像,因为他总是迎面朝我床头走来。"当看到这只猫穿过层层物品却不会碰到它们后,他称这个柔韧的小动物为"一道光"。阿尔贝托1954年细长的青铜雕塑《猫》便由此诞生。贾科梅蒂兄弟三人的作品在风格上有着惊人的平行之处,但迭戈对大大小小的生物的热爱和纯熟的技巧是他的创作的标志。

爱德华·戈里
EDWARD GOREY

爱德华·戈里酷爱阴森可怖的人物角色，他那些恶作剧似的骇人插画将读者带入化装晚会、幽暗的剧场舞台和古怪的爱德华时代的茶话会。在他那无从仿效的钢笔画中，著名作家们的作品跃然纸上，包括布莱姆·斯托克（Bram Stoker）、H. G. 威尔斯（H. G. Wells）和 T. S. 艾略特（T. S. Eliot）的作品。美国公共电视台（PBS）出品的电视剧《神秘！》（*Mystery!*）的动画片头与片尾就是基于戈里的艺术创作，他广受欢迎的字母书《死小孩》（*The Gashlycrumb Tinies*）既鬼马又怪异。但让各年龄层的画迷们持续着迷的，是戈里画的猫——这些肥硕的、长着夸张胡须的猫穿着芭蕾舞鞋（戈里一直虔诚地出席纽约城市芭蕾舞团的演出），懒洋洋地躺在书堆上（他最喜欢画的场景之一），顽皮地找点儿乐子。这位艺术家在生活里也是群猫环绕，他的猫们似乎和他们主人的艺术作品一样古怪而可爱：有一只腿瘸了但喜欢趴在他肩上，还有一只直到十岁才会叫，而且他们无一例外都喜欢盖住他的画板。戈里在科德角（Cape Cod）拥有一座历史久远的房子，现今那里被改造成了博物馆，保存他的艺术遗产，同时也纪念他为动物以及他们的福祉做出的贡献。

爱德华·韦斯顿
EDWARD WESTON

曾有人称爱德华·韦斯顿是20世纪美国最具影响力的摄影师，他涉猎的题材十分广泛，包括裸体、加州风景和风俗场面。韦斯顿也是获得古根海姆奖（Guggenheim fellowship）这一久负盛名的奖项的第一位摄影师。这位艺术家在晚年住进了他在卡梅尔高地（Carmel Highlands）的家，靠近海狼岬州立保护区（Point Lobos State Reserve）和大瑟尔（Big Sur）海岸线。[8]他的家又被戏称为"野猫山"，因为有太多猫在这里游荡。韦斯顿在1947年与妻子卡利丝（Charis）合作出版了《野猫山的猫》（*The Cats of Wildcat Hill*）一书，他的许多猫都出现在书里。

恩基·比拉
ENKI BILAL

恩基·比拉是20世纪70年代以来法国最顶尖的漫画艺术家之一,他的超现实主义故事经常包含真实的历史事件,且长期以来关注人和动物间的联结。一只有心灵感应能力的外星猫为他《尼可波勒三部曲》(*Nikopol Trilogy*)中的科幻世界增添了许多刺激。

埃丽卡·麦克唐纳
ERICA MACDONALD

20世纪的插画家埃丽卡·麦克唐纳在精心创作时,总有一只好奇的猫在边上帮忙。《海滨杂志》(*Strand Magazine*)1947年策划了一个关于崭露头角的女插画家的专题,摄影师约翰·盖伊(John Gay)为此拍下了这张麦克唐纳的迷人照片。

035
ERICA MACDONALD

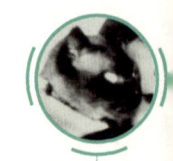

弗洛朗丝·亨利
FLORENCE HENRI

先锋派摄影师弗洛朗丝·亨利在20世纪早期和未来主义者们混迹罗马,并加入了巴黎艺术精英圈。她之后因首创了许多实验性的技法而时常被拿来与同时代的一些著名男性摄影师比较[曼·雷(Man Ray)、莫霍利-纳吉(László Moholy-Nagy)以及阿道夫·德·梅耶尔(Adolph de Meyer)]。这位艺术家一直被认为是她时代的顶尖天才。令人欣慰的是,她一路走来还溺爱了几只猫。

弗兰克·斯特拉
FRANK STELLA

极为独立的猫似乎是很适合弗兰克·斯特拉这位20世纪极简主义绘画大师的宠物。他的代表作品虽然貌似与这些自主的小野兽们毫不相干,却不时诡秘地指向他们——例如他1984年的纸上作品《然后来了一只狗,咬了那只猫》(*Then came a dog and bit the cat*)。

弗里达·卡罗
FRIDA KAHLO

著名画家弗里达·卡罗在她位于墨西哥城的名为"蓝房子"[Blue House(*La Casa Azul*)]的家里豢养了一群珍奇的宠物,包括猴子、鹿、鸟、无毛狗和猫。猫咪们都是小自大狂,也难怪这张照片里的猫看上去一点也不想见到卡罗在和猴子依偎。这些不拘一格的缪斯在她家里自由地游荡,他们在她的许多绘画作品中是保护的象征。

乔治·马尔金
GEORGES MALKINE

多产的画家乔治·马尔金一生共完成了将近500幅作品，但他本人却隐秘到谷底，画作一开始只给一小部分亲密的收藏家和朋友观赏。这位独行画家在安德烈·布列东（André Breton）的《超现实主义宣言》（*Manifesto of Surrealism*）上签过名（布列东称赞这位艺术家极端的个人主义），并最终在曼·雷——这位达达和超现实主义者的宠儿——的镜头前留下了一张稀有的肖像照。照片中这只隐士一般的猫看上去与这位安静而叛逆的艺术家志趣相投，正适合相互陪伴。

乔治娅·奥·吉弗
GEORGIA O'KEEFFE

被誉为"美国现代主义之母"的画家乔治娅·奥·吉弗总是从崎岖的山脉与沙漠获取灵感,她在新墨西哥州与许多宠物共享的家便为这些山脉与沙漠所环绕。在那里她第一次遇见了约翰·坎德拉里奥(John Candelario),一位第七代的新墨西哥人,也是一位有抱负的摄影师。奥·吉弗成了坎德拉里奥早年的导师,后者在几次不同的场合为这位艺术家拍摄了照片——包括这张她与她的暹罗猫的迷人合影。奥·吉弗最终给她身为艺术推广者的丈夫阿尔弗雷德·施蒂格利茨(Alfred Stieglitz)看了坎德拉里奥的代表作品集,施蒂格利茨将他的作品展出在了现代艺术博物馆(Museum of Modern Art)。坎德拉里奥之后成了一名摄影大师,以铂金印相和他拍摄的家乡场景闻名。

045
GEORGIA O'KEEFFE

摩西奶奶
GRANDMA MOSES

农场猫的田园生活听来是猫的天堂——许多动物相互陪伴,开阔的田野等着探索,还有美味的小生物以待捕食。实际上,就有这么几只幸运的农场小猫得以在著名的民间画家摩西奶奶〔本名安娜·玛丽·罗伯逊(Anna Mary Robertson)〕的画作中获得永生。摩西奶奶直到70岁都一直在农场里干活。她的画作描绘农村生活的朴实场景,包括许多聚集在她农庄上的动物。

古斯塔夫·克林姆特
GUSTAV KLIMT

奥地利象征主义艺术家古斯塔夫·克林姆特的工作室总是挤满了女人与猫。克林姆特性感且奢靡的画作描绘盛装打扮的缪斯们,但这丝毫没有令他对猫咪的爱失色——他干脆将其中一幅命名为《猫》(*Katze*)。他的模特弗兰德丽·玛利亚·碧尔-蒙蒂(Friederike Maria Beer-Monti)甚至认为这位艺术家就像是一只动物。

赫尔穆特·牛顿
HELMUT NEWTON

摄影师兼煽动大师赫尔穆特·牛顿擅长拍摄时尚而情色的影像，有时还为之注入一种讥讽而诡秘的幽默。奥地利摄影师阿索尔·史密斯（Athol Shmith）在1957年为牛顿拍摄了这张肖像照，牛顿的大腿上蜷缩着一只心满意足的猫咪，定格了这位艺术家洋洋自得的顽皮相。

亨利·卡蒂埃-布列松与马丁·弗兰克
HENRI CARTIER-BRESSON
AND MARTINE FRANCK

"新闻摄影之父"亨利·卡蒂埃-布列松虽然三十余载都在为《生活》（*Life*）杂志记述20世纪最重要的时刻，但他本人却十分注重隐私，极少出镜。不过，他毫不掩饰自己对猫咪的热爱。"是的，我是个无政府主义者，"他在《名利场》（*Vanity Fair*）2003年的一篇采访中解释道，"因为我活着。生活就是挑衅……我反对有权力的人以及权力所赋予他们的一切。盎格鲁-撒克逊人必须重新认识什么是无政府主义。对他们来说，无政府主义就是暴力。猫知道什么是真正的无政府主义。随便问一只猫吧。猫懂。他们反对纪律和权威。狗被训练得只知道服从。猫不会。猫制造混乱。"卡蒂埃-布列松的妻子马丁·弗兰克自己也是一位著名摄影师。她抓拍过20世纪一些最伟大的思想家和天才，包括哲学家米歇尔·福柯（Michel Foucault）和画家马克·夏加尔（Marc Chagall）。弗兰克还以拍摄偏远社区的纪实照片、担任巴黎先锋团体太阳剧社的终身官方摄影师以及作为马格南图片社（卡蒂埃-布列松是创立者之一）的成员而闻名。在卡蒂埃-布列松1989年为她拍摄的这张肖像照中，他们的猫尤利西斯衬着弗兰克显赫的剪影，这个艺术家们的"无政府主义"小野兽正安然自若。

054

亨利·马蒂斯
HENRI MATISSE

打破绘画陈规、为现代性塑形的艺术家喜欢独立的猫似乎十分自然。马蒂斯同时代的人们或许还不能完全拥抱他大胆的色彩与简洁的形式，但在我们的世界，这位艺术家的作品产生了巨大回响。20世纪伊始，马蒂斯创作了一系列"女孩与"和"女人与"的画作，不仅拓宽了肖像画与色彩的边界，也显露了非常现代性的情致。他的女性人物流露出强大的特质：自信、自主、自然。于是，一只猫顺理成章地成为这些大胆作品中的一幅的主角。《女孩与黑猫》由马蒂斯的女儿玛格丽特担任模特——她的双眸似乎比盘卧在她腿上的黑猫更像猫。马蒂斯这一生养了许多只猫。这些他珍爱的伙伴陪伴他走过艺术旅程的每一步。库茜（Coussi）是一只大型的条纹猫，她的姐妹普茜（Puce）（法语原名是"小跳蚤"的意思）则是一只油亮的小黑猫。米诺什（Minouche）是她俩的妈妈，一只小巧的灰白猫。动物可以安抚马蒂斯的灵魂。每当猫咪伴侣们伏在脚边，这位安静严肃的革命者就快要融化。当生命将要走到尽头时，马蒂斯入住尼斯的雷吉纳酒店（Hotel Regina）套间，他的宠物们在那里陪伴着他。这个套间之前为皇家使用，他在那里卧床设计了他自认为是杰作的旺斯（Vence）玫瑰园教堂（Chapelle du Rosaire）。

赫伯特·托拜厄斯
HERBERT TOBIAS

德国摄影师赫伯特·托拜厄斯以为名人拍摄高对比度的黑白肖像照而为人铭记,这些名人包括迪斯科音乐的标志人物、同时也是萨尔瓦多·达利(Salvator Dalí)的缪斯的阿曼达·丽儿(Amanda Lear),演员克劳斯·金斯基(Klaus Kinski),以及歌手/写歌人妮可(Nico)(托拜厄斯在这位沃霍尔的超级明星⑨16岁时就挖掘了她,并为她起了这个别名)。这位对单色调情有独钟的艺术家很自然地养了一只绝美的黑猫。艺术收藏家帕利·梅勒·马科维兹(Pali Meller Marcovicz)曾说托拜厄斯是"不符合任何标准的局外人",这让他成了猫的坚定盟友。

赫尔曼·黑塞
HERMANN HESSE

赫尔曼·黑塞最为人熟知的是他讲述一位年轻男子精神之旅的小说《悉达多》(*Siddhartha*)和他的半自传体小说《荒原狼》(*Steppenwolf*)。这位德国小说家不为人知的一面是他的画家身份。他直到40岁才第一次拾起画笔,但创作了不少作品。正如写作检视的是自我发现的路途,黑塞的自画像和梦境画(是他的心理治疗师鼓励他画的)也引导他走出存在危机。黑塞的宠物猫同样能在他陷入自省的魔咒时为他带去慰藉。黑塞在许多书信中多次提及蜗居在他家的猫咪们——其中一只叫"狮子",另一只叫"老虎",都是以原型命名。

雅克·维永、马塞尔·杜尚与雷蒙德·杜尚-维永
JACQUES VILLON, MARCEL DUCHAMP, RAYMOND DUCHAMP-VILLON

杜尚三兄弟——雅克·维永［原名加斯东·埃米尔·杜尚（Gaston Émile Duchamp）］、马塞尔·杜尚和雷蒙德·杜尚-维永——都是成功的艺术家，也都很喜爱猫。三兄弟常在雅克位于法国皮托（Puteaux）的工作室的花园里聚会，带着雅克的狗皮佩（Pipe）和其他各种各样的小动物们。这三人建立了一个被称作"皮托集团"（Puteaux Group）或"黄金比例"（Section d'Or）的集体，由与奥费主义（orphic cubism）⑩有关联的艺术家们组成。

让·谷克多
JEAN COCTEAU

《观察家报》（*The Observer*）的著名肖像摄影师简·鲍恩（Jane Bown）在 1950 年捕捉了一张法国艺术家让·谷克多与他美丽的暹罗猫马德莱娜（Madeleine）的迷人合影。谷克多看了照片后欣喜若狂，他写信给鲍恩，表达自己和马德莱娜的感激之情："摄影师很少会想起他们拍摄的人，所以我尤为感激。所有的样片都极好。玛德莱娜为照片里的暹罗猫疯狂。我们一家都拥抱你。" 猫总是出现在谷克多古怪的画作里。他认为他们是自己家"显形的灵魂"。再后来，他对猫咪的爱又更进一步，在巴黎建立了猫友俱乐部（Cat Friends Club）来赞助国际猫展，并亲自设计了式样为卡通猫头的会员胸针。

让-米歇尔·巴斯奎特
JEAN-MICHEL BASQUIAT

1982 年,让-米歇尔·巴斯奎特坐在受人尊敬的哈莱姆文艺复兴摄影师詹姆斯·范·德尔·泽(James Van Der Zee)的工作室里等待其为自己拍摄肖像照。巴斯奎特彼时才 21 岁,就已凭借签名为"SAMO"[①]的涂鸦艺术家身份和参与 1980 年的时代广场展而备受艺术圈的瞩目。范·德尔·泽当时已经九十来岁,但那时他的事业正经历一场晚年的复兴。这场拍摄由策展人兼马德俱乐部(Mudd Club)的所有者之一迭戈·科尔特斯(Diego Cortez)委托,拍摄的照片中有一张还加入了范·德尔·泽的妻子唐娜(Donna)的暹罗猫。

065
JEAN-MICHEL BASQUIAT

巴斯奎特当时基本算是住在科尔特斯的夜店里了,他的乐队"灰色"(Gray)后来就在那里演出。安迪·沃霍尔的《采访》杂志曾经发表了策展人兼批评家亨利·格尔德扎勒(Henry Geldzahler)与巴斯奎特的对话,其中提到了这些影像。

> 格尔德扎勒:你觉得詹姆斯·范·德尔·泽怎么样?
>
> 巴斯奎特:哦,他真的很棒。他非常知道什么是"好"照片。
>
> 格尔德扎勒:他使用的是哪种相机?
>
> 巴斯奎特:老的箱式相机,前面有一个小的黑色镜头盖,曝光时他会取下,随后再盖上。

这张新浪漫主义风格的影像中，忧郁的艺术家像国王般坐着，身穿他标志性的西装和洒满颜料的裤子，这是对席卷装饰艺术的19世纪"异域风情"浪潮（wave of exoticism）的颠覆性翻转。这一点为照片中阴郁的猫进一步突出，他象征着巴斯奎特进入了一个由白人占领的艺术圈——很多人之后批评这一建制将巴斯奎特视为异域人士加以剥削。范·德尔·泽的照片中，巴斯奎特一面表达对商业机构的不屑，一面顽皮地讽刺自己对成名的渴望——这一主题遍布他自己的画作。据激发了范·德尔·泽事业晚高峰的唐娜称，这张肖像照是巴斯奎特最喜爱的个人照片。范·德尔·泽以自己庄重的哈莱姆文艺复兴肖像照颠覆了人们对非裔美国人的观感，巴斯奎特也在他的画作 VNDRZ 中表达了自己对这位著名摄影师的爱戴。

吉姆·汉森
JIM HENSON

《木偶秀》(*Muppets*)大师吉姆·汉森有一种天赋,他能创作让各个年龄段的儿童都欲罢不能的角色。这个声线柔和的艺术家一只脚踏入演艺圈,另一只脚却驻留在反文化运动的圈子里。他在欧洲学习绘画,1965年在现代艺术博物馆首次展示他的超现实主义实验短片《时钟》(*Time Piece*)。汉森关于爱、和平与宽容的哲学与20世纪60年代的精神相契,而他绝妙的木偶和他家里的宠物的数量则表明,这位温柔的创作者也对动物王国敞开了心扉。汉森的暹罗猫乔治·华盛顿(George Washington)是他在与同为木偶师的简·内贝尔(Jane Nebel)结婚时收养的,内贝尔也带来了自己名叫美女(Beauty)的猫。汉森在马里兰州贝塞斯达(Bethesda, Maryland)的家庭工作室里为他灵巧的角色构思新概念时,乔治一直陪伴左右。简在他们刚结婚时为乔治创作了一系列画作(其中有一张是乔治和吉姆一起)。汉森一家一度养了八只猫——那时还是青少年的女儿丽莎·汉森(Lisa Henson)还画过一张纪念画——包括白雪(Snowy)[是可爱的"白雪爪子"(Snowy-Feets)的简称]、小神经(Prissy)、伍迪(取自导演伍迪·艾伦的名字)、多萝西(Dorothy)和姬蒂(Kitty)。

约翰·凯奇
JOHN CAGE

猫已然成为个人主义的象征，所以，谁能比有着20世纪最古怪的头脑之一的艺术家更有资格与猫称兄道弟呢？约翰·凯奇个人的兴趣爱好似乎都与他对随机的痴迷相关。他是业余的真菌学家、狂热的国际象棋手（是杜尚教会他下棋的），且时常借助《易经》来决定自己作品的走向。凯奇最先是一名画家，之后转向音乐，并一举成为历史上最具影响力的作曲家之一。不过他仍持续在纸上创作，还学习了版画——且经常在版画中使用他在音乐中应用的随机方法。凯奇和他的伴侣、合作者和爱猫同好摩斯·肯宁汉（Merce Cunningham）共住，他深爱着家里的猫咪成员。司库康（Skookum）是一只小巧、端庄的黑猫，如果猫有九条命，那她肯定已经用掉了不少条。她曾经吞下一团几乎可以致命的牙线，并最终因为杂物工的疏忽而溜出门，一去不复返。洛萨（Losa）是一只黑色的、邋遢的流浪猫，被凯奇收养，他和司库康截然相反，渴望成为焦点。只要有相机在场，洛萨就会立即做好伏击玩耍的准备（他经常咬约翰和摩斯的脚踝）。洛萨最喜爱的玩具是一个纸箱，被逗乐的凯奇会把纸箱放在他身上，看他如何像个奇怪的卡通角色般在这个顶楼寓所里穿梭。为此，这只活泼好动的猫还获得了"出租车洛萨·仁波切"（Losa Rinpoche Taxi Cab）的外号。约翰·凯奇信托基金会的执行董事劳拉·库恩（Laura Kuhn）称，洛萨最终长寿（甚至活过了凯奇），真是好猫自有天相。

约翰·列侬与小野洋子
JOHN LENNON AND YOKO ONO

众所周知，约翰·列侬是音乐传奇人物，不过他也热爱文学和视觉艺术。在成为"披头士"成员之前，他就读于利物浦艺术学院（Liverpool College of Art），并被他的叔叔乔治·史密斯（George Smith）鼓励学习绘画。列侬性格敏感且深情，自然适合猫的陪伴。这位著名的艺术家自幼就跟猫格外亲近，他每天都要骑车到伍尔顿（Woolton）鱼市为他的宠物们买鳕鱼。列侬还经常画猫，许多作品收录在他那本名为《忙碌的西班牙人》(*A Spaniard in the Works*)的集荒谬故事、

073
JOHN LENNON AND YOKO ONO

诗歌与艺术作品为一体的书中。更多的猫咪画作集结在《真爱：给肖恩的画》（*Real Love: The Drawings for Sean*）这本他为儿子肖恩画的画册里。列侬遇见他的第二任妻子、先锋表演艺术家小野洋子后，两人合作完成了许多作品——最著名的莫过于一系列名为"床上静坐"（Bed-In）的实验性抗议表演。两人也都喜欢猫。俘获了列侬芳心的猫有小矮子（Tich）、蒂姆（Tim）（在雪地里捡的流浪猫）、山姆（Sam）、咪咪（Mimi）（取自他阿姨的名字）、巴巴吉（Babaghi）、耶稣（Jesus）（列侬曾发表"披头士比耶稣还受欢迎"的争议言论，这个名字就是为了挖苦当时媒体的疯狂反应)、大调和小调（Major and Minor)、猫王（Elvis)（这是他的第一只猫,后来发现是只母猫)。列侬和小野一起养的猫包括莎莎（Shasha)和米沙（Micha)（两只漂亮的波斯猫)、艾丽斯（Alice)[很遗憾,她从列侬和小野在纽约的达科他（Dakota)高层公寓的窗户跳了下去]以及沙罗（Charo)（列侬喜欢对她说："沙罗,你的脸可真滑稽!")。还有两只猫的名字简直荒谬,一只白猫叫胡椒,一只黑猫叫盐,这恰巧证明了这两位艺术家对抵抗传统的奇特信仰。

路易斯·韦恩
LOUIS WAIN

维多利亚时代专门画猫的画师路易斯·韦恩以他笔下拟人化的、晚期如万花筒般（注意：是五彩炫目得惊人的意思）的猫咪著称。这位艺术家奇妙的猫咪画像通常被认为是为了安慰他将死的夫人艾米莉·理查德森（Emily Richardson）而作，艾米莉十分宠爱他们家的猫彼得（Peter）。韦恩曾经这样描述这个宝贝宠物："我的事业、我最初努力的轨迹以及我作品的样貌都以他为基础。"随着他的精神问题日益严重（很多人怀疑是弓形虫病引发了精神分裂），韦恩的艺术作品也变得越来越怪异，他最后不得不住院治疗。韦恩早期作品里无忧无虑的猫咪趾高气扬地踱步，喜气洋洋地做着卡通化的滑稽动作，但他们之后变得犹如野兽，在韦恩的晚期作品中几乎无法辨认。不过，韦恩对猫咪的喜爱为人们留下了宝贵的遗产，直至今天都仍具影响力。韦恩是英国国家猫咪协会（UK's National Cat Club）的前主席和创始人之一（他还为协会设计了标志），人们广泛认为是他建立了公众对猫作为家庭宠物的热爱。

玛格丽特·伯克-怀特
MARGARET BOURKE-WHITE

先锋纪实摄影师玛格丽特·伯克-怀特是第一位女性战地记者，也是《生活》（*Life*）杂志的第一批摄影记者［该杂志 1936 年的创刊封面就是她拍摄的蒙大拿州（Montana）的佩克堡水坝（Fort Peck Dam）］。与许多开拓性的人物一样，她是位明显的爱猫人士，多年来经常被拍到在讨好她的宠物们。

079
MARGARET BOURKE-WHITE

林璎
MAYA LIN

风景画家、著名建筑师林璎因她设计的独具一格、庄严肃穆的华盛顿越战纪念碑而闻名。迈克尔·卡塔基斯（Michael Katakis）曾拍下她在纽约工作室里与她的猫安静共处的画面。林在俄亥俄州的东南部长大，从小就与动物亲近。她不知道花费了多少个小时独自投喂后院里每天来找她的小动物们。她曾在美国公共广播公司（PBS）的一场采访中透露："我想成为一名动物行为学家，也想做兽医，只要和非人物种相关的都可以。直到现在，我都对科学非常感兴趣。艺术是我的另一面。"林2012年的项目"我们丢失了什么？"（*What is Missing?*）是一个互动网站，展示已消失的、灭绝的物种的音频、照片与文字以纪念它们。

巴勃罗·毕加索
PABLO PICASSO

人们称赞毕加索灵巧画作里的残酷与激情——这也可以用来形容他的个人生活与情感关系——但动物王国却勾起了毕加索的柔情。在这位 20 世纪大师的艺术作品里,猫与他痴迷描绘的女人们一样重要,他们出现在他传奇生涯的多幅画作中。1904 年到 1909 年期间,年轻的毕加索住在巴黎蒙马特区(Montmarte)的洗濯船(Le Bateau-Lavoir)社区,在那里他结交了一只暹罗猫,他时常在街上游荡,他给他取名为猫咪(Minou)。1954 年,毕加索已七十多岁,野兽派画家卡洛斯·纳达尔(Carlos Nadal)拍摄了一张他在法国瓦洛里(Vallauris)的家中与一只虎斑猫的照片(虎斑和他的条纹衬衣很搭)。纳达尔说,这只猫自始至终黏在毕加索的身上。

帕蒂·史密斯
PATTI SMITH

帕蒂·史密斯在20世纪60年代晚期至70年代的纽约艺术圈里是一个传奇。她从新泽西的一所师范学院退学,也从费城的一个工厂离职,只带了一些艺术工具和几块钱就只身来到了纽约。而与当时还不知名的摄影师罗伯特·梅普尔索普(Robert Mapplethorpe)的相遇则开启了她人生美妙的新篇章。这对爱人、永恒的灵魂伴侣为了艺术创作而挣扎与牺牲(这期间他们主要从事绘画)。后来,他们住进切尔西酒店(Chelsea Hotel)的1017房间,结识了一批

完全属于另外一个世界的艺术家、激进分子和怪胎。史密斯用她的作品集抵押房租,混迹于一群包括詹尼斯·乔普林(Janis Joplin)、哈里·埃弗里特·史密斯(Harry Everett Smith)、威廉·S.巴勒斯(William S. Burroughs)、艾伦·金斯堡(Allen Ginsberg)、格雷戈里·科尔索(Gregory Corso)在内的地下偶像中。这位"朋克教母"一直以绘画、照片、文字与音乐为素材,尝试融合多种艺术种类与形式。2010年,史密斯获得普瑞特艺术学院(Pratt Institute)的艺术学荣誉博士学位,她在离开纽约后经常去那所校园,因为罗伯特和其他一些朋友在那里上学。在史密斯的成名路上,许多只猫咪担任了守护者的角色,这些喵喵叫的缪斯出现在这位艺术家的多幅画作中。若被采访，这位艺术家-表演者无一例外地会至少提及一次自己的猫咪朋友。艺术摄影师弗兰克·斯特凡科（Frank Stefanko）以为摇滚巨星［例如布鲁斯·斯普林斯汀（Bruce Springsteen）、詹尼斯·乔普林、弗兰克·扎帕（Frank Zappa）］拍摄肖像照闻名，他记录了史密斯如何在音乐世界崭露头角——包括这张1974年她与一只做着白日梦的黑猫的合影。2008年的纪录片《帕蒂·史密斯：生命梦想》（*Patti Smith: Dream of Life*）记录了史密斯与她的橘猫的温馨一刻，她正为依偎着她的猫咪温柔地弹奏法布里奇奥·德·安德烈（Fabrizio De André）的小夜曲《爱情来来往往》（"Amore che Vieni, amore che vai"）。

保罗·克利与莉莉·施通普夫
PAUL KLEE
AND LILY STUMPF

保罗·克利是欧洲现代主义的高产人物,他激进的观念为他风趣而调皮的随性风格所中和。这点也许在他聚焦于猫的艺术作品里最为明显,例如1928年的油画《猫与鸟》(*Cat and Bird*)。这幅画是一只彩色的猫的特写,他饥肠辘辘地盯着我们,脑袋里正饥渴地幻想着一只鸟儿。克利的好几幅作品都涉及他生活中的宠物,他也很爱给他们拍照。与他的妻子、钢琴家莉莉·施通普夫合照的这只长毛白猫名叫宾博(Bimbo),是克利忠实的伙伴,出现在克利的多幅创作中。克利其他的猫咪包括一只名叫米斯(Mys)的深色长毛猫、一只名叫弗里奇(Fritzi)的虎斑猫和一只名叫努吉(Nuggi)的长毛猫。

菲利普·伯恩-琼斯
PHILIP BURNE-JONES

菲利普·伯恩-琼斯是英国的前拉斐尔派（Pre-Raphaelite）⑫画家爱德华·伯恩-琼斯（Edward Burne-Jones）和乔治亚娜·麦克唐纳（Georgiana Macdonald）这两位艺术家的孩子。虽然人们总是把菲利普和他著名的父亲比较，但他最后还是依靠自己的能力成为一名成功的画家。20年间，菲利普在皇家艺术学院（Royal Academy）多次展出作品，1900年的巴黎沙龙（Paris Salon）⑬还特展过他的画作［他父亲的一幅曾经在巴黎沙龙展出的画现在挂在国家肖像美术馆（National Portrait Gallery）］。菲利普最著名的要数他的肖像画——亨利·詹姆斯（Henry James）、乔治·弗雷德里克·瓦特（George Frederic Watts）以及鲁德亚德与卡丽·吉卜林夫妇（Rudyard and Carrie Kipling）是他几位最重要的模特——以及他1897年的画作《吸血鬼》（*The Vampire*）。这幅饱受争议的艺术作品中的不死女人像极了女演员帕特里克·坎贝尔夫人（Mrs. Patrick Campbell）——她是菲利普曾经的爱人，却抛弃了他。除了病态的报复性画作，这位艺术家的心里还为至少一只美丽的猫留了位置，就像这张照片中所展示的那样。爱德华·伯恩-琼斯早期的画作曾描绘菲利普与家里的猫，所以菲利普喜爱猫并不奇怪。这位艺术家还写了一本他在美国旅游多年的游记，插图中果然也有一只在纽约人行道上飞奔的猫。当描述"随处可见的骇人忙碌与车水马龙"时，他写道："这些猫看上去既心烦意乱又全神贯注，像是约会要迟到了一样。谁会停下来对一只美国猫咪喊'猫咪！猫咪！'呢？"

罗伯特·印第安纳与安迪·沃霍尔
ROBERT INDIANA
AND ANDY WARHOL

波普艺术运动最杰出的成员之一罗伯特·印第安纳总是回避安迪·沃霍尔在"工厂"举办的派对，在这个精英圈子里茕茕孑立。印第安纳原名罗伯特·克拉克，出生于印第安纳州的纽卡斯尔（New Castle）（他给自己起的姓氏就源于此），很小的时候就被送到了家庭农场上生活。他总是独自一人，但结交了许多动物朋友——包括住在农场里的猫咪们。20世纪50年代，他抵达纽约，继续养猫。几年后，他在机缘巧合下于百老汇中央大酒店（Broadway Central Hotel）的圣阿德里安酒吧（St. Adrian's Bar）遇见了爱猫同好安迪·沃霍尔。印第安纳随后成为沃霍尔1963年的电影《吃》（*Eat*）的主人公，片中这位艺术家在他的苏豪（SoHo）顶楼寓所里细嚼慢咽一个蘑菇长达一个小时，而且被乱序剪辑。印第安纳好奇的猫咪显然也想分一杯羹，他入了镜，靠着主人的画架，会意地盯着镜头，逗得艺术家咧嘴大笑。

罗马勒·比尔登
ROMARE BEARDEN

先驱黑人艺术家、拼贴大师、爱猫人士罗马勒·比尔登为他的猫咪吉波（Gippo）神魂颠倒。这只条纹猫咪十分养眼，从不会错过任何一个和主人合影的机会，他的主人还是著名的漫画家和德国艺术家乔治·格罗兹（George Grosz）的门徒。"我觉得吉波是一只非常帅气的猫。他灰色和棕黄色的条纹完美对称，"在1968年的一场访谈中，比尔登滔滔不绝地说，"我们在树林里找到的他，那时他就是个小野猫，我们花了很长时间，大概六个或者八个月，在他还小的时候训练他。不过现在他很快乐。他觉得这个工作室就是他的。"

萨尔瓦多·达利
SALVADOR DALÍ

从不满足于墨守成规或是像我们这些苦工一样循规蹈矩的古怪的超现实主义画家萨尔瓦多·达利养了一只哥伦比亚豹猫（Colombian ocelot）当宠物。虽然外形很像家猫，但这个品种领地意识极强，是凶猛的斗士。达利珍爱的这只豹猫名叫巴布（Babou），他享受着最优质的生活，包括法国号邮轮（*SS France*）上的奢华旅行、宝石项圈、登顶埃菲尔铁塔以及高级餐饮。传说巴布曾陪着达利光临一家曼哈顿的餐馆，高贵的他就拴在桌边坐着。这只异域猫咪的出现吓坏了一位顾客，但肆无忌惮的艺术家却向她保证巴布只是一只普通的猫，只是被画成了这样，故意模仿他野外的亲戚。达利在纽约停留的时候住在高雅的瑞吉酒店（St. Regis hotel）供人们朝拜，不管是普通会面还是在酒店大厅的签名会，巴布都陪伴左右。这只斑点猫最喜欢睡觉的地方是一个空的电视机，不过在达利西班牙的家里，他更喜欢在橄榄树上打盹儿。当然，那是在他没有和当地的流浪猫玩耍或是撕扯他主人的袜子的时候（撕袜子很明显是他最爱的消遣）。

097
SALVADOR DALÍ

索尔·斯坦伯格
SAUL STEINBERG

　　以他在《纽约客》(New Yorker)上频频发表的卡通与艺术作品(包括将近90册封面)而闻名的罗马尼亚籍美国艺术家索尔·斯坦伯格创作了数百幅关于猫咪的诙谐而精致的线条画。在斯坦伯格辉煌的艺术生涯中,他的朋友和合作者亨利·卡蒂埃-布列松曾为他拍照,结果一只好奇的小猫咪闯入了。众所周知,斯坦伯格曾给卡蒂埃-布列松颁发了一个幽默的假冒文件,"批准"他成为一名摄影师(哦,这些古怪的艺术家们!),但这张斯坦伯格的快照里的小猫显然不需要任何许可就可以来检视拍摄现场。

苏珊·瓦拉东、莫里斯·郁特里罗与安德烈·乌特
SUZANNE VALADON, MAURICE UTRILLO, ANDRÉ UTTER

任何一只有幸结识19世纪法国艺术家苏珊·瓦拉东的猫咪都将开启一段神奇的旅程。作为第一位加入法国国家美术协会（Société Nationale des Beaux-Arts）的女画家，瓦拉东是马戏团的杂技演员出身。她先是成了一名受人尊敬的艺术模特，为包括土鲁斯-劳特累克（Toulouse-Lautrec）、雷诺阿（Renoir）和皮埃尔-塞西尔·皮维·德·夏凡纳（Pierre-Cécile Puvis de Chavannes）在内的知名画家做模特，后来还嫁给了她自己的模特——画家安德烈·乌特。瓦拉东在埃德加·德加（Edgar Degas）等朋友们的鼓励下开始涉足艺术创作。她以女性裸体题材著称，在那个年代大部分女性艺术家都尽量回避这个题材。她生动的静物画、肖像画和室内画里经常出现猫。多年来，她的工作室里住了好几只猫咪，他们每周五都享用白鲸鱼子酱，与一只德国牧羊犬和山羊做伴，她还会喂画坏的作品给山羊吃。瓦拉东的故事也证明，爱猫是会遗传的。这位由模特转型的肖像画家的儿子莫里斯·郁特里罗也从小就喜欢猫。他对猫咪的喜爱如此之深，能与之媲美的只有他画笔下如梦如幻的城市景观的名气——他画的主要是20世纪早期的蒙马特区。

藤田嗣治
TSUGUHARU FOUJITA

因为画美丽的女人与猫而获得称颂的一生是很幸福的。藤田嗣治的版画以及他运用了西方油画技巧的日式绘画（这在 20 世纪早期是一种独特的手法）从不乏艺术吸引力。身处蒙帕纳斯（Montparnasse）生机勃勃的文化圈的中心，这位日本画家吸引了诸如胡安·格里斯（Juan Gris）、巴勃罗·毕加索以及亨利·马蒂斯等顶尖艺术家的注意。这位古怪的画家独树一帜，发型仿照埃及雕像，身着紧身短上衣，露出手表图案的文身，有时还会戴个灯罩当帽子。不过在抓人眼球方面，藤田猫咪画作中那优雅、曲折的线条可以说与他本人不相上下。

103
TSUGUHARU FOUJITA

沃汝莎卡
VERUSCHKA

作为第一位超级模特、先驱性的人体彩绘艺术家（曾与萨尔瓦多·达利合作）和好莱坞的宠儿，沃汝莎卡就是撩人的60年代的性感象征。这位德国裔的女伯爵曾在米开朗琪罗·安东尼奥尼（Michelangelo Antonioni）1966年的电影《放大》（*Blow-Up*）中客串表演了五分钟，由此巩固了自己的明星地位，然而她是在任职《时尚》（*Vogue*）杂志期间才成为流行文化偶像的。凭借着抓人的名字与柔韧如猫的身型，她作为模特的取景地点经常充满异域风情，有时她还和一些奇珍异兽合作——例如如今已很著名的1967年由威廉·克莱恩（William Klein）为《时尚》杂志拍摄的她与一只猎豹的合影。1975年退出模特行业后，沃汝莎卡开始与艺术家霍尔格·特吕尔兹胥（Holger Trülzsch）合作，创作了一系列概念性的自拍像，她伪装的、被彩绘的身体上演着变形记。人们都知道沃汝莎卡喜爱猫，她照料的野猫遍布世界各地的大小城市。

婉达·盖格
WANDA GÁG

婉达·盖格开创性的民间艺术故事书《一百万只猫》(*Millions of Cats*)成了儿童经典,且被认为是第一本双页绘本。这本 1929 年的纽伯瑞儿童文学奖得主聚焦于一对老夫妻,他们门前聚集了"一百只猫、一千只猫、一百万只猫、十亿只猫和一万亿只猫",但他们最终只选择了其中一只。盖格最后选择离开她在纽约格林尼治村(那里有许多著名的朋友陪伴,例如乔治娅·奥·吉弗)成功的商业艺术事业而前往康涅狄格州(Connecticut)和新泽西州(New Jersey)乡村的农场艺术工作室独处,在那里,许多只猫咪陪伴着她。

威廉·S.巴勒斯
WILLIAM S. BURROUGHS

威廉·S.巴勒斯反人类的行为和恶劣的名声似乎一到猫的面前便缓和了。这位画家和文学巨匠把猫视为自己的"通灵伴侣"。他于20世纪80年代搬迁至堪萨斯州（Kansas）劳伦斯（Lawrence）市的一个湖滨小屋，在那儿，他经历了关于猫的顿悟。他的第一只猫是一只名叫鲁斯基（Ruski）的英俊的俄罗斯蓝猫。甜姜（Sweet Ginger）生了一窝橘黄色的幼崽，其中一只名叫白布简（Calico Jane）［以作家简·鲍尔斯（Jane Bowles）的名字命

名〕。巴勒斯尤其喜爱黑猫弗莱奇(Fletch),但这只猫厌恶陌生人。当弗莱奇开始长胖,巴勒斯就把他比作奥逊·威尔斯(Orson Wells)⑭。被溺爱的小猫斯普纳(Spooner)到哪儿都跟着巴勒斯。千秋(Senshu)(一只黑色的斑纹母猫)和她的妈妈穆提厄(Mutie)一生都相互陪伴。霍拉旭(Horatio)、捣蛋鬼埃德(Ed)、爱哭鬼(Wimpy)和其他数都数不清的猫咪都是巴勒斯的好战友。巴勒斯在晚年接受采访时说道:"我学会了太多太多。我学会了同情;我从我的猫的身上学会了一切,因为猫会映射出你自己,真的。"其他关于猫的告白遍布巴勒斯的自传体中篇小说《内心的猫》(*The Cat Inside*)中。巴勒斯于1997年逝世,死前几天写下了他的最后一篇日记,表达他对他亲爱的猫咪的深切的爱:

> 没有什么最后的智慧、体验——什么都没有。没有圣杯,没有最后的顿悟,没有终极的答案。只有冲突。而能化解冲突的,只有爱。就像我对弗莱奇和鲁斯基、斯普纳和白布的爱。纯粹的爱。这就是过去和现在我对我的猫们的感情。爱?什么是爱?爱是这世上最天然的止痛药。爱。

参考文献
BIBLIOGRAPHY

BIBLIOGRAPHY

- "Aradia, Or Gospel of the Witches," *Wikipedia*, last modified December 26, 2013. http://en.wikipedia.org/wiki/Aradia,_or_the_Gospel_of_the_Witches.

- Bockris, Victor. *Calling Dr. Burroughs — The Last Interview I Will Ever Do*. Thouars, France: Interzone Editions, 2010. www.interpc.fr/mapage/westernlands/ dr-burroughs.html.

- Bossone, Andrew. "Photos: Queen's Cat Goddess Temple Found in Egypt." *National Geographic Daily News* (January 21, 2010). http://news.nationalgeographic.com/ news/2010/01/photogalleries/100121-cat-temple-egypt-pictures/#/bastet-feline-statue-egypt_12139_600x450.jpg.

- Brown, Emma, and Henry Geldzahler. "New Again: Jean-Michel Basquiat." *Interview* (January, 1983). www.interviewmagazine.com/art/new-again- jean-michel-basquiat-/#_.

- Burne-Jones, Philip. *Dollars and Democracy*. New York: D. Appleton & Company, 1904. http://archive.org/details/dollarsanddemoc00bartgoog.

- Burroughs, William S. *Last Words: The Final Journals of William S. Burroughs*. Editor James Grauerholz. New York: Grove Press, 2000. http://books.google.com/books/ about/Last_Words.html?id=rbJvbXXvYUgC.

- Csikszentmihalyi, Mihaly. "The Creative Personality." *Psychology Today* (July 1, 1996). Excerpt in *Creativity: The Work and Lives of 91 Eminent People*, New York: Harper Collins, 1996. Last reviewed

June 13, 2011. www.psychologytoday.com/articles/199607/ the-creative-personality.

- Eppendorfer, Hans. "Herbert Tobias biography." www.herberttobias.com/bio.html.

- Friend, David. "Cartier-Bresson's Decisive Moment." *Digitalist Journalist* (December, 2004). http://digitaljournalist.org/issue0412/friend.html.

- Gosling, Samuel D., Carson J. Sandy, and Jeff Potter. "Personalities of Self-Identified 'Dog People' and 'Cat People'." *Anthrozoös* 23, no. 3 (2010): 213–222. doi:10.2752/1753037 10X12750451258850.

- "Jane Bown: Eye to Eye," *The Observer, Special Reports*, accessed January 2, 2014. http://observer.theguardian.com/special_report/gallery1/0,,212485,00.html.

- "Louis Wain," *Wikipedia*, last modified November 5, 2013. http://en.wikipedia.org/wiki/ Louis_Wain.

- Maya Lin, interview with Bill Moyers, *Becoming American: The Chinese Experience*, "Personal Journeys," Public Affairs Television, Inc., 2003. www.pbs.org/becoming american/ap_pjourneys_transcript5.html.

- "Miss Amelia Van Buren," *Wikipedia*, last modified December 11, 2012. http://en.wikipedia.org/wiki/Miss_Amelia_Van_Buren.

- Ono, Yoko. "The Tea Maker." *The New York Times* (December 7, 2010, accessed April 29, 2014). www.nytimes.com/2010/12/08/opinion/08ono.html.

- Rewald, Sabine, and William Slattery Lieberman. *Twentieth Century Modern Masters: The Jacques and Natasha Gelman Collection*. New York: The Metropolitan Museum of Art, 1989. http://books.google.com books?id=0RMoLtRjhggC&printsec=frontcover#v=onepage&q&f=false.

- Romare Bearden, interview by Henri Ghent, *Archives of American Art*, Smithsonian Institution, June 29, 1968. www.aaa.si.edu/collections/interviews/oral-history- interview-romare-bearden-11481.

照片出处
CREDITS

第 10 页：阿涅斯·瓦尔达/迪迪耶·杜森（Didier Doussin）摄；授权使用

第 13 页：阿尔贝·迪布/阿尔贝·迪布与猫/让·迪布（Jean Dubout）摄；授权使用

第 15 页：阿梅莉亚·范布伦/托马斯·伊肯斯铂金照片，19 世纪 80 年代晚期？规格：$3^{3}/8 \times 5^{3}/8$ 英寸（8.6×13.7 厘米）费城艺术博物馆：西摩·阿德尔曼（Seymour Adelman）赠，1968

第 17 页：安迪·沃霍尔 1/©2014 安迪·沃霍尔视觉艺术基金公司（The Andy Warhol Foundation for the Visual Arts, Inc.）/艺术家权利协会（Artists Rights Society），纽约

第 19 页：亚瑟·拉克姆/中央密歇根大学（Central Michigan University），克拉克历史图书馆（Clarke Historical Library）供图

第 20 页：巴尔蒂斯/© 马丁·弗兰克/马格南图片社（Magnum Photos）

第 22 页：布莱恩·伊诺/伊恩·迪克森（Ian Dickson）/雷德芬摄影（Redferns）

第 25 页：克劳德·卡恩/泽西遗产博物馆（Jersey Heritage Museum）供图

第 26 页：迭戈·贾科梅蒂/© 马丁·弗兰克/马格南图片社

第 28 页：爱德华·戈里/埃莉诺·加维（Eleanor Garvey）摄；授权使用

第 30 页：爱德华·韦斯顿/百鹤高（Berko）摄/皮克斯公司（Pix Inc.）/时代生活图像（Time Life Pictures）/盖帝图像（Getty Images）

第 32 页：恩基·比拉 /© 克里斯托弗·安德森（Christopher Anderson）/ 马格南图片社

第 35 页：埃丽卡·麦克唐纳 / 2 ¼ 平方英寸底片，1947 年 3 月 20 日；玛丽·阿尼塔·盖伊（Marie Anita Gay）［原姓阿恩海姆（Arnheim）］赠予，2003 年。© 国家肖像美术馆（National Portrait Gallery），伦敦

第 37 页：弗洛朗丝·亨利 / 弗洛朗丝·亨利档案供图 / 马提尼 & 朗切蒂（Martini & Ronchetti），热那亚

第 38 页：弗兰克·斯特拉 / 迈克尔·泰伊（Michael Tighe）/ 赫尔顿（Hulton）档案 / 盖帝图像

第 41 页：弗里达·卡罗 / 弗里达·卡罗与张福兰（Fulang Chang），大约 1938 年；佛罗伦斯·阿尔金（Florence Arquin）摄。墨西哥城阿纳瓦卡伊博物馆（Museos Diego Rivera-Anahuacalli）和弗里达·卡罗授权使用

第 42 页：乔治·马尔金 / 曼·雷信托 / 艺术家权利协会，纽约 /ADAGP，巴黎 2014 年

第 45 页：乔治娅·奥·吉弗 / 约翰·坎德拉里奥（John Candelario）摄 / 总督府图片档案［Palace of the Governers Photo Archives（NMHM/DCA），165660］供图

第 47 页：摩西奶奶 /W. 尤金·史密斯摄 / 时代生活图像 / 盖帝图像

第 49 页：古斯塔夫·克林姆特 / 影像摄影（Imagno）摄 / 盖帝图像

第 51 页：赫尔穆特·牛顿 / 阿索尔·史密斯（Athol SHMITH）

澳大利亚 1914—1990/ 赫尔穆特·牛顿肖像照，大约 1957 年 / 明胶银质照片 /36.7×29.3 厘米 / 维多利亚国家美术馆（National Gallery of Victoria），墨尔本 / 通过维多利亚艺术基金会（The Art Foundation of Victoria）购买，并由伊恩·波特基金会协助（The Ian Potter Foundation），1989 年；照片 © 艺术网信托 (Artnet Trust) T/A 卡利·罗尔夫（Calli Rolfe）当代艺术

第 52 页：亨利·卡蒂埃 – 布列松 / 亨利·卡蒂埃 – 布列松 / 马格南图片社

第 54 页：亨利·马蒂斯 /© 罗伯特·卡帕 © 国际摄影中心（International Center of Photography）/ 马格南图片社

第 57 页：赫伯特·托拜厄斯 / 彼得·福尔斯特；©2014 艺术家权利协会（ARS），纽约 /VG 彼尔德 – 孔斯特（VG Bild-Kunst），波恩（Bonn）

第 58 页：赫尔曼·黑塞 / 赫尔曼·黑塞和猫 / 马丁·黑塞 / 苏尔坎普出版社（Suhrkamp Verlag）

第 61 页：维永、杜尚、杜尚 – 维永 /©RA/ 莱布雷希特音乐 & 艺术（Lebrecht Music & Arts）

第 62 页：让·谷克多 /© 卫报新闻 & 媒体有限责任公司（Guardian News & Media Ltd）2007

第 65 页：让 – 米歇尔·巴斯奎特 / 让 – 米歇尔·巴斯奎特，1982 年 / 詹姆斯·范·德尔·泽摄，版权 © 唐娜·穆森登·范·德尔·泽

第 68 页：吉姆·汉森 / 吉姆·汉森公司档案供图

第 70 页：约翰·凯奇 / 约翰·凯奇信托供图

第73页：约翰·列侬/伊桑·拉塞尔（Ethan Russell）摄 © 小野洋子

第76页：路易斯·韦恩/欧内斯特·H. 米尔斯（Ernest H. Mills）/盖帝图像

第79页：玛格丽特·伯克-怀特/阿尔弗雷德·艾森施泰特（Alfred Eisenstaedt）/皮克斯公司/时间&生活图像/盖帝图像

第80页：林璎/© 迈克尔·卡塔基斯/大英图书馆（The British Library）

第83页：巴勃罗·毕加索/卡洛斯·纳达尔摄，1960年；©2014年巴勃罗·毕加索财产/艺术家权利协会（ARS），纽约

第85页：帕蒂·史密斯/照片 © 弗兰克·斯特凡科

第89页：保罗·克利/照片：费·梅塞尔·曾特鲁姆（Fee Meisel Zentrum），保罗·克利，伯尔尼（Bern），克利家族捐赠；保罗·克利博物馆授权使用

第90页：菲利普·伯恩-琼斯/贝恩新闻服务（Bain News Service）摄，无日期；国会图书馆（Library of Congress）供图

第92页：罗伯特·印第安纳/© 布鲁斯·戴维森（Bruce Davidson）/马格南图片社

第95页：罗马勒·比尔登/罗马勒[现纳内特（Nanette）]·比尔登遗产授权使用，罗马勒·比尔登基金会供图，纽约；英国国家美术馆（National Gallery of Art）。艺术 © 罗马勒·比尔登基金会/VAGA许可，纽约，NY

第97页和封面：萨尔瓦多·达利/世界电报&太阳报（World Telegram & Sun），罗杰·希金斯（Roger Higgins）摄；国会图

书馆供图

第 98 页：索尔·斯坦伯格 /© 亨利·卡蒂埃–布列松 / 马格南图片社

第 100 页：苏珊·瓦拉东 / 马提尼（Martinie）摄 / 罗歇·维奥莱 / 盖帝图像

第 103 页：藤田嗣治 /© 顶级图片（TopFoto）/ 图像工作室（The Image Works）

第 105 页：沃汝莎卡 / 鲁巴尔泰利（Rubartelli）/ 时尚（Vogue）；© 孔德·纳斯特（Conde Nast）

第 107 页：婉达·盖格 / 拍摄者未知 / 明尼苏达历史协会（Minnesota Historical Society）授权使用

第 109 页：威廉·S. 巴勒斯 / 理查德·格文（Richard Gwin）摄；授权使用

致谢
ACKNOWLEDGMENTS

我要向编年史出版社（Chronicle Books）的所有人表达我最深的谢意，尤其是布丽姬特·沃特森·佩恩（Bridget Watson Payne）和凯特琳·柯克帕特里克（Caitlin Kirkpatrick）。感谢克里斯·阿什利（Kris Ashley）和简·休斯（Jan Hughes）对这个项目的帮助；感谢吉姆·汉森公司的吉尔·彼得森、谢丽尔·汉森（Cheryl Henson）和丽莎·汉森（Lisa Henson）；感谢约翰·凯奇信托的执行人劳拉·库恩（Laura Kuhn）；感谢泰马里斯电影的阿涅斯·瓦尔达和范尼·洛蒂西耶（Fanny Lautissier）；感谢乔治和迈克尔·马蒂斯、沃尔克·米歇尔斯（Volker Michels）、罗德尼·戴尔（Rodney Dale）、唐娜·范·德尔·泽；最后，感谢我的家庭教会我热爱并尊重动物（即便是人类）。

译注

① 原文是 Dear kitty,在《安妮日记》里安妮的日记总是以 "Dear Kitty" 开头,但 Kitty 是人名,并非猫。
② 古埃及城市。
③ 埃及第二大城市。
④ 刻奇(kitsch),指一种使用流行元素的艺术风格,往往被认为是高雅艺术的反面。
⑤ 按照英语语法,书名应该是 "25 Cats Named Sam"。
⑥ 布瑞洛盒子本是超市里最常见的包装,但沃霍尔雕刻了一个布瑞洛盒子,它和杜尚的《泉》一样成为饱受争议的艺术品。
⑦ 爱德华时代指英国国王爱德华七世在位的时期,这一时期也以时尚闻名。
⑧ 海浪岬州立保护区和大瑟尔都是加州著名的旅游胜地。
⑨ 沃霍尔喜欢与许多演员、模特、艺术家和名流一起工作,他把这些人称为超级明星,这些人也被外界称为沃霍尔的超级明星(Warhol Superstar)。
⑩ 奥费主义是立体主义的一个分支,作品强调绝对的抽象与明亮的色彩。
⑪ SAMO 是 same old shit 的简写,中文意思为"老一套"。
⑫ 前拉斐尔派是 1848 年英国开始的一场美术改革运动,旨在反对拉斐尔时代之后的机械论风向。
⑬ 法国历史上最著名的艺术展览之一,17 世纪起在巴黎法兰西艺术院举办。
⑭ 威尔斯是美国著名导演,他随着年龄的增长越来越胖。

ARTISTS AND THEIR CATS
Text copyright © 2015 Alison Nastasi
All rights reserved. No part of this book may be reproduced in any form without permission from the publisher.
First published in English by Chronicle Books LLC, San Francisco, California.

Simplified Chinese translation copyright © 2020 by NJUP

江苏省版权局著作权合同登记　图字：10-2019-649 号

图书在版编目（CIP）数据

艺术家与他们的猫 /（美）艾莉森·纳斯塔西著；陈畅译 . -- 南京：南京大学出版社，2020.10
　书名原文：Artists and Their Cats
　ISBN 978-7-305-23657-0

　Ⅰ.①艺… Ⅱ.①艾… ②陈… Ⅲ.①故事 - 作品集 - 美国 - 现代 Ⅳ.① I712.45

中国版本图书馆 CIP 数据核字（2020）第 157749 号

出版发行　南京大学出版社
社　　址　南京市汉口路 22 号　　　　邮　编　210093
出 版 人　金鑫荣

书　　名　艺术家与他们的猫
著　　者　［美］艾莉森·纳斯塔西
译　　者　陈　畅
责任编辑　张　静

照　　排　南京新华丰制版有限公司
印　　刷　南京爱德印刷有限公司
开　　本　787mm×1092mm　1/32　印张　4.5　字数　81 千
版　　次　2020 年 10 月第 1 版　2020 年 10 月第 1 次印刷
ISBN 978-7-305-23657-0
定　　价　49.00 元

网址：http://www.njupco.com
官方微博：http://weibo.com/njupco
微信服务号：njupress
销售咨询热线：（025）83594756

* 版权所有，侵权必究
* 凡购买南大版图书，如有印装质量问题，请与所购图书销售部门联系调换